文芸社セレクション

馬車道

榮仁
A-jin

文芸社

まえがき

我々団塊の世代は、まもなく後期高齢者となる。年金の減額、医療費の負担増額など、我々が良いことも悪いときも中心的な年代である。私が中学生の頃は、1クラス53～55人で16クラスもありプレハブ校舎であり、大学の競争率も高倍率だった。しかし私が就職した頃はオリンピック、万博景気、所得倍増論、日本列島改造論等の波に乗り、大手企業に大学3年生の頃に多人数が内定し給料も毎年2万円の昇給があり、「戦争を知らずに育った」我々は不況という時もあったが良き時代に生きたと言える。息子（46才）は年金を貰えるのだろうか、孫の時代はどうなるのだろうか考えさせられる。「日本人で良かった」と思える私だが、これは終戦後に同じ所で生まれ同じ年で育った人生の二人の物語である。

目次

馬車道

久しぶりの横浜

私は昭和23年生まれの団塊世代のど真ん中、まもなく後期高齢者の年齢を迎えようとしている。未だに現役でまだ仕事を続けるつもりでいる。名前は「榮仁」、3人兄弟の末っ子、大学を卒業するまでは横浜で生まれ育った。22才で大手ゼネコンに入社したとたん、末っ子だったせいか、大阪支店に配属を命ぜられた。学生時代から付き合っていた妻は世田谷生まれ、私が24才の時結婚し、仕事の関係で和歌山、兵庫、大阪、奈良で生活していた。何時も横浜勤務を希望したがかなわず、阪神淡路大震災の復興対策工事を最後に、46才でやっと東京勤務になり、妻の両親が現在、住んでいる成田に近い船橋市に住んでいる。ゼネコン不況もあり、大手ゼネコンを54才の時、子供も二人とも手離れした事から、早期退職した。そして、以前から独立したい願望もあり、一人でも出来る仕事を考え、各種建築物の建築基準法による法定定期調査の会社を54才で立ち上げ独立した。

　時々横浜の仕事があるが、アルバイトと二人で軽四輪で行く為、仕事が終わればすぐに船橋に帰ってしまう。正月は奈良より車で来て横浜より妻の両親のいる成田へ子供達にお年玉を貰ったらすぐに奈良に帰ってしまった。

　久しぶりに横浜を歩いてみたい気持ちもあり、一人電車で仕事の横浜へ出かけた。桜木町での仕事が午前中に終わり天気も良かったので、今や造船所も無くなり、荷物も本牧ふ頭のコンテナに変わり貨物船は沖にも無く、寿町にも港湾労務者が居ない綺麗な町になった。こうしてゆっくり歩く横浜は何十年ぶりだろう。すっかり変わってしまった赤レンガ倉庫、馬車道交差点にさしかかり、亡き母から聞いた馬車道での話の光景を思い浮かべた。

娘に彼氏が出来た

サラリーマンである48才の時、奈良より船橋に転居した。会社から帰り自宅の玄関に入ろうとすると居間で妻と娘が大きな声で言い争っている。私が室に入ると二人とも黙り込んでしまった。暫くして妻が私に黙って写真を見せた。黒人である。今年、娘が大学を卒業して東京の観光バスのガイドとなり、浅草で客待ちしている時に声を掛けられて彼氏が出来たとの事。妻は猛反対、私は一瞬考えたが、そうでも無かった。

私が一言「別にいいじゃねえか」と言ったとたん娘の態度が一変、私に話し出した。

「彼はすごく優しくて料理も、ダンスも歌も上手なの、友達もみんな薦めてくれるの」

彼が、「一度家に来て両親に会ってみたい」との事。彼は26才、アフリカのウガンダから来たという事で、写真で見ると真っ黒な純粋な黒人である。私は彼になんとなく一度会ってみたくなり、抵抗する妻を娘と共に説得して、彼を我が家に招待した。

彼は香港で買ったという真っ白な背広に真っ赤なネクタイ、シルクハットみたいな帽子とおまけに花束という、映画でしか見たことが無いような、お洒落だけど似合わない服装で我が家に来た。

通称ロニーといい、真っ先に身分証明書であるYMCAの手帳、エイズの検査済証、パスポートを私に見せた。ウガンダから日本に来るには大変な金がかかるのに、私はウガンダの平均年収は大体知っているつもりだが、彼の所得でどうやって日本に来たのか。彼はたどたどしく話し、娘が通訳し（?）、また辞書を見ながら私に一生懸命説明した。

7人兄弟の4番目で、両親と長男だけがウガンダの首都カンパラに住んでいる。その他の兄弟は外国で仕事をしていると言う。父親はカンパラでウガンダで唯一の大学で法律学の教授をしている。最近カンパラには高層ビルもありますと言い、またビクトリア湖など私の想像とは全く異なった写真数枚を見せた。

ロニーは14才の頃から一人で歩いてケニアに渡り、ケープタウン―ロンドン―シカゴ―香港、香港で日本という国を初めて知り、働きながら数年がかりで昨年日本に来た。彼は日本に来てから友人と、人が大勢乗れて日本語が書いてあるトラックやバス、バイク等、最近では霊柩車、バキューム力ー等が高値で売れるので、注文に応じて中古車を個人で輸出出来る範囲2から3台程度、日本では売り物にならいためにただ同然の金額で買い取り横浜港からケニアに輸出し、そこから長男が陸送し母親が近隣諸国に販売する仕事をしているとの事。

ウガンダの収入では一般の人は買えないが、政府や企業が買うらしい。乗用車は売れず、バスやトラックがよく売れ、ロニーの収入は毎月150~200万円程度があると言う。彼の言うことにはいまいち信用できなかったが、私には彼が非常に頼もしく思えた。

食事は、宗教上、寿司等なまものや牛肉類は駄目だが、魚、鶏肉は食べるとの事。

翌日、皆で国道16号線沿いのショッピングセンターへ行くことになり、車の後ろに座ったロニーが、何度も「ストップ・プリーズ」と中古車屋、オートバイ専門の中古車屋が沢山有り何度も止まった。びっくりするほど目が良く、常に仕事熱心でノートに何かを書き留めていた。

横浜の介護施設にいる母を見舞いに行った時、その話をし写真を見せたらニッコリ微笑み喜んで「会ってみたい」と言った。

妻は初めから猛反対。私も色々想像しながら、娘の将来、生まれてくる子供の将来等、総合的に考え公園に連れて行き娘に言い聞かせた。「雀、ハト、カラスでも同じ種類で公園に来るだろ」何を言っても「恋は盲目」、娘は聞かず。

「私達は人間だよ、鳥と一緒にしないで」

「お前は年をとっても一生ロニーと暮らし、ウガンダでも生活するか」「いやだ。日本でずっと暮らす」

しかし妻が娘のかつて賛成した友達に頼み、友人たちから色々説得され、また彼は友人と車の窃盗犯罪に巻き込まれて兄がいるシカゴへ行く事になり、結局は別れた。

シカゴに行く最後の日、ロニーから私に電話があった。「ダディが思うように私も有美さんに幸せになって欲しい、でも私では幸せには出来ない事が分かりました。日本で色々勉強させて貰いありがとうございました。今度は兄のいるシカゴに行きます、さようなら」私は「おまえも幸せにな、Good Luck、またいつか遊びに来てくれよ」と言った。

母は寝たきりで長男夫婦が面倒を見ていた。私は大学を卒業し大手ゼネコンに就職したとたん大阪支店に配属となり25年間、奈良法隆寺のそばに住んでいてずっと横浜には戻れなかったが、妻も子供も念願の東京に戻れる事になった。

転勤が決まり、その朝5時に起き、挨拶に行くため東京に向かう身支度をしている時、平成7年1月17日5時46分に「ドカーン」と何があったのか、駅まで行っても電車は動かず駅員に聞いても「神戸で何かあったみたいです。それ以上の事は分かりません」仕方なくいったん家に戻った。テレビをつけると関西で大地震とテロップが流れ、7時頃に阪神高速神戸線の崩壊しているところが映し出され「阪神淡路大震災」。母は12才の頃「関東大震災」を経験してその話をよく聞かされた。私は新入社員の頃から神戸の埋め立て地であるポートアイランド、神戸3、4工区で数カ所の工場や住宅建築を施工していた。これでは転勤どころでは無い。いても立ってもおれず、電話も通じず、とりあえず大阪支店に向かう。バイクと電車を乗り継ぎ着いたのは昼過ぎとなり、殆ど若い者しか来ていない。志願し翌日の社員への水、食料の運搬係から行い、その後「復興対策工事」に従事し2年遅れで、晴れて東京勤務となった。

今まで奈良より盆か正月しか横浜に帰らず、親孝行をした事がなかったので、長男に言って暫く我が家で87才になった私の母の面倒を見る事にした。天気のいい4月のある日、母を車椅子に乗せ、桜が満開の近所の公園に散歩に連れて行った。

「桜がきれいだね」目も耳も悪くなった母が言う。鳩が二匹で餌を探している。雀も二匹で餌を、母は「鳥も同じ種類でみんな夫婦なんだね」そして又、いつもと同じ会話「ロニーはどうしているの？」と聞く。写真を一度だけしか見ていないのにロニーの事が気になっている様だ。私はいつもの様に「シカゴで元気に車関係の仕事で働いているらしいよ」と答えた。すると今度は今まで聞いたことがない言葉「ジョージは元気にしているのかしら」と母。私は誰のことか分からなかった。母の言うジョージとは誰の事か、返事はしなかったがそれから母は話を続けた。

母の馬車道の出来事

終戦直後、父は日本郵船の船乗り機関士である為、戦地よりの引き揚げ船の任務でしばらく日本に帰って来なかった。母は弟が営んでいた本牧の材木屋から残材や炭等を貰ってきて、桜木町、伊勢佐木町辺りで売っていた。売れないと重いリヤカーでは野毛坂の石畳を上がって家に帰れないので、売れない時は遅くまで売っていた。ある日、いつもの様にリヤカーに沢山の残材と炭を積み長男も荷台に乗せて引いていると、急に雨が降ってきた。

「馬車道」にさしかかり市電が近づいたので急いで横断しようとした時、線路に滑り山積みになった荷物が重く後ろに反り返り、長男もろとも残材と炭を線路にばらまいてしまった。市電は止まり警笛をけたたましく鳴らした。あっという間に黒山の人だかり。市電も10台位並んでしまって、運転手は一斉に警笛を鳴らし続け怒鳴っている。雨に濡れてしまった残材と炭は炊き木として売り物にもならないし、その日は闇タバコも米も隠してある。母はオロオロするばかりで何も出来ず、泣き叫ぶ長男を抱いて自分も泣いてしまった。

大雨の中で周りの群衆はただ見ているだけ。その騒ぎを聞きつけて、ジープに乗った進駐軍ＭＰの黒人兵４人がこちらに向かってきた。母は、もう駄目だ、連れてかれる、捕まると思い長男を抱きしめたまま震えた。

すると彼らは大雨の中、線路にばらまかれた残材と炭を手づかみで拾い集めリヤカーにすばやく載せた。闇タバコも薪の下にそっと隠してくれた。彼らのきれいな真っ白い軍服がずぶぬれになり、雨と炭で真っ黒になった。ニッコリ笑いながらこちらに来て泣き叫ぶ長男をあやした。ジープに乗ったパイプ煙草をくわえた白人が口笛を吹き何かを兵士に放り投げた。彼らはそのチューインガムをくれてすばやく立ち去った。

母は神様が来てくれたと、ただ手を合わせ、あっという間に立ち去った、彼らに何の礼も出来ず言葉も出なかったという。この話は人に初めてした、「長男には言わないでね」と付け加えたその事以来、母の黒人に対する感謝の思い、それを私は何となく子供の頃から教わっていたのだ。母にはこのあっという間の出来事が一生忘れられない事だったのだ。母が黒人の事を「黒人様」と言っていた理由が初めて分かった。

船乗りの父

親父は、栃木の渡良瀬川の側で生まれ育った。海の無い県の農家の末っ子で何度か丁稚や養子に出され、船乗りにあこがれて横浜に来た。いくつになっても栃木訛りが抜けなく、人前で話すことが苦手で無口だった。親から貰った1000円札1枚を握りしめ栃木の田舎より出てきたと言う。あの芸能人と同じで英語と日本語を混じってしゃべる話し方、声もよく似ていた。

その親父が帰ってくるのが楽しみだった。時々同僚の黒人、アジア人を連れて帰ってくる。母は食事を作りもてなした。横浜に帰ってくると私たち兄弟三人を連れて、野毛のニュース劇場（昔の映画館はニュース専門が多く、20円）でドナルドダックを見て、中華街まで歩いていき、路地裏の店で6才年上の長男だけチャーシューメン、私と次男はラーメンを食べる。長男は我々二人の弟にもチャーシューを3等分に分けてくれた。それを見ていた婆さんは長男だけにチャーシューを1枚おまけしてくれた。うらやましそうに見ている私に「お前のチンチンに毛が生えたらチャーシューメンを食べさせてあげるからな」と父は言う。店は汚く中国人の婆さんが持ってくる丼は割れていて、ゴキブリがテーブルの上でウロウロ、床にはネズミ、中華街は野毛より安く、親父は100円札を出して一度両替をする。10円玉10枚をテーブルの上に置き丼の数で、婆さんは「赤いの2枚」と言って丼と交換に2枚ずつ取る。何を食べても値段は一緒、婆さんは計算が出来ないみたいだった。父は赤いの2枚を追加して渡した。

そして一番安いルノーを探し、贅沢にタクシーで帰る。4人も乗ると野毛坂は上がらない。坂の手前で60円払いタクシーを降りる。駄々をこねる私に、長男がほんとは野毛坂を上がるとメーターが上がってしまうんだと叱った。

近所でも自宅に炊き木が無く、風呂など無かった時代、我が家には風呂があった。親父の作った自慢のドラム缶の風呂に一緒に入り、戦争の話はあまり語らなかったがトラック島で戦友と妻から来た手紙を一緒に埋めてあげた事な

料金受取人払郵便

新宿局承認

3970

差出有効期間
2022年7月
31日まで
(切手不要)

郵便はがき

1 6 0-8 7 9 1

1 4 1

東京都新宿区新宿1－10－1

(株)文芸社

愛読者カード係 行

お名前《ふりがな》			明治　大正 昭和　平成	年生　　歳
ご住所《ふりがな》	□□□-□□□□			性別 男・女
お電話番号	(書籍ご注文の際に必要です)	ご職業		
E-mail				
ご購読雑誌(複数可)		ご購読新聞		新聞

最近読んでおもしろかった本や今後、とりあげてほしいテーマをお教えください。

ご自分の研究成果や経験、お考え等を出版してみたいというお気持ちはありますか。

ある　　ない　　内容・テーマ(　　　　　　　　　　)

現在完成した作品をお持ちですか。

ある　　ない　　ジャンル・原稿量(　　　　　　　　　　)

書　名				
お買上 書　店	都道 府県	市区 郡	書店名	書店
			ご購入日	年　　月　　日

本書をどこでお知りになりましたか?

1.書店店頭　2.知人にすすめられて　3.インターネット(サイト名　　　　　　)

4.DMハガキ　5.広告、記事を見て(新聞、雑誌名　　　　　　)

上の質問に関連して、ご購入の決め手となったのは?

1.タイトル　2.著者　3.内容　4.カバーデザイン　5.帯

その他ご自由にお書きください。

(　　　　　　　　　　　　　　　　　　　　)

本書についてのご意見、ご感想をお聞かせください。

①内容について

②カバー、タイトル、帯について

弊社Webサイトからもご意見、ご感想をお寄せいただけます。

ご協力ありがとうございました。

※お寄せいただいたご意見、ご感想は新聞広告等で匿名にて使わせていただくことがあります。

※お客様の個人情報は、小社からの連絡のみに使用します。社外に提供することは一切ありません。

どを聞いた。船の甲板より上は、船長、航海士、通信士。親父は船底の機関士、と何度も同じ話を聞かされた。

船乗りは映画のように港には女、愛とか恋とかギター等持っていないし港には娼婦しかいない。親父の格好いい映画の様な船員の制服姿は見た事は無く、いつも汚れた作業服であった。ヨーロッパ、アメリカ等へ行っていたが、世界中の港のみ、貨物船は着いたら荷物の積み降ろし積み込み、波止場の停泊料は高い、船員は船から降りて陸に上がる事は殆ど無い。時には接岸せず〝はしけ〟での作業。港には入らず、終わったら即、次の目的地へと向かう。特に父は機関士でいつも船底、エンジン音のうるさい所で海も眺めている暇は無く、停泊中でも仕事であり船底である。甲板員は殆どが、東南アジア、中国、韓国、黒人であり横浜へ帰るのは2年に一度くらいで、あまり外国のいい話は聞かなかった。

私が小学6年生の頃、親父は桜木町駅前の京浜ビルという会社に転職した。「横浜で一番大きく、8階建てのビルで横浜中が見えてエレベーターもあるんだ」と自慢する父。ある日、私は親父の仕事場のエレベーターに乗りたくなってそこを訪ね、エレベーターに乗り、親父を探したが何処にいるのか分からなかった。その時、８階から港の景色がすごく良く見えた。当時は必ずエレベーターを操作する、エレベーターガールがいた。エレベーターガールに父の居場所を尋ねた。狭い階段を降り薄暗い廊下を歩き、親切に案内された所はエレベーターが行かない、やはり地階（船底）だった。

機械の音がうるさく、油臭く薄暗い所だった。ボイラーの釜の火を見ている親父のお尻をたたいた。親父はびっくりした顔をした。初めて見る機械、工具や部品が沢山あり、父の服は油で汚れて臭かった。父は私を機械の隅にある自分の机の椅子に座らせ、日本郵船の船乗り時代の想い出を語った。「伏見丸、平安丸、鎌倉丸、アメリカ、ロンドン、アムステルダム、ケープタウン、香港、力道山を乗せてブラジルへ行った事もあるんだ」「いつも貨物船ばかりだが、たまに客船に乗ると船内も綺麗だし食事が良くなるんだ」と又同じ話をした。病院船として氷川丸にも乗った事があるんだと自慢した。父は小学校をろくに行ってないのに、国家資格を沢山持っていた。

ボイラーでは最上級の特級ボイラー技士、冷凍機械責任者、危険物取扱者、電気主任技術者等々。常に次の資格をとる為「機関士はいつもエンジンのそばに居るからエンジニアだ」と言って「技術屋はいくつになっても勉強だ。東大出たって何の役にもたたない、国家資格だよ」と言って年を取っても専門書ばかりを読み勉強していた。

私が中学一年生の頃、私を船の一番上で働く通信士にさせたいらしく私に〝モールス信号〟を教えた。「Aは・ー、Bはー・・・、Cはー・ー・、SOSは・・・ーーー・・・、「Save Our Ship」だ」私もそれが面白く夢中になり1ヶ月位で送受信が出来るようになり、その後、私が初めての国家資格、電信級アマチュア無線技士の資格を取った時は父も喜んだ。

父は55才で定年退職して、今度は鎌倉の大きな病院の受変電設備、ボイラー管理の仕事、その後老人介護施設で父は戦争恩給、海員組合の年金などで金には困らなかったが生涯働いた。77才まで生涯「重油の匂いが一生抜けない「エンジニア」だった。退職しすぐに認知症となり4年間、母の介護を受けて、平成元年（昭和64年）2月に81才で昭和と共に亡くなった。兄から連絡があった日は奈良にいたが丁度昭和天皇の大喪の礼の日で電車はすべて運休で喪に服していた日で、翌日奈良より一家揃って横浜へ帰った。

ハイカラな生まれの母

母は明治42年本牧で生まれ、4人姉弟の長女で12才の時、関東大震災で父は重傷となり、長女、戦争などで母の苦労は計り知れない。母が42才の時に末っ子である私を産み、父は45才。いわゆる高齢出産である。

母の父は元町商店街で外人に色々な土産を売ったり、その頃珍しい洋服を仕入れたり、祖父は私が生まれたときは亡くなっていて会った事は無い、母は子供の頃は裕福だったらしい。仏壇の写真でも当時明治生まれでは珍しい背広姿でシルクハット、よく見ると下駄を履いた写真があるが、私が生まれた誕生日7月17日が丁度命日で、本牧の叔父さんから「おまえは父の生まれ変わりだ」と言われた。

明治時代で、母の名前の「春子」の「子」という字はその父がつけ当時はハイカラな名前だったので自慢していた。母は父とは違い明るい性格で、電車で隣に座った人とすぐに友達となり、一緒に旅行に行く等、すぐに誰とでも友達となる。私が介護施設にたまに行くと介護の人から、いつも春子さんがリーダーでカラオケやゲーム等でも真っ先に手を上げてくれる。「明るい性格ですね」と何時も言われた。平成13年に横浜の長男夫婦の介護を受けて92才で亡くなった。若い頃は背が高く美人でいつもニコニコの明るい母だった。

私の仕事は「建築物の定期検査」であり、建築物が事故等で人が大勢死ぬと建築基準法、消防法がその都度、法改正があり益々厳しくなる。新宿の雑居ビル、岡山の老人ホーム等で下階の火災で上階の防火扉が閉まらず煙で大勢の人が亡くなった事から新しいく防火設備定期検査の資格が必要となり、最近もこの年になって若い者達に混ざり新しい資格を取得した。検査が又増えて親父が言ってた「〝技術屋はいくつになっても勉強だよ〟」であり、古希になってからも益々忙しくなっている。

暇な時期もあり年のせいか昔の事を思い出す時がある。母が言った「ジョージは元気にしているのかしら」のジョージの事を少しずつ思い出してきた。

ジョージとの出会い

私は野毛山公園近くの東ヶ丘に生まれ、小学校に入学した。日ノ出町、黄金町も同じ校区である。大岡川添いにはバラック「ドブ川暮らし」の家の同級生も何人かいた。小学生の1年生の数ヶ月後、黒人であるジョージが少し遅れて入学して同級生となった。彼は黄金町の赤線地帯ヒロポン中毒者が道路で転がっている所で捨てられ、日ノ出町の孤児院に引き取られた。その他白人、中国人、韓国人等色々な人種の子達が同級生にいた。彼は汚い、臭い、捨て子、といつも虐められている。校庭で、又虐められていた。私は幸いにも背が大きくて虐められなかった。

彼がみんなに「戦争ごっこだ」と砂をかけられ「ヤンキーゴーホーム、パンパンの捨て子」と虐められている。

私はみんなの見ているところで、いつも虐められている彼を何を思ったのか抱きしめた。彼は確かに臭い、はなたらしで汚い。彼はびっくりし振り払おうとするが、私は力ずくで抱きしめて離さなかった。「桀仁うつるぞ、早く逃げろ、離れろ」と皆は言う。私は「臭くなんかないよ」と言うと、皆は砂をかけるのは止めた。

それ以来、ジョージは虐められなくなり、私と彼は親友となり、背の高い私と友達になった事で虐められなくなった。母に「パンパンてなあに」と聞いた事がある。母には「仕事が無く生きる為、一生懸命働いている女達だよ」と教わった。

ある日学校の工作の時間、先生が「今日は筆箱を作ります」と言った。私の筆箱は兄からのお下がりのブリキ製、周りの友達はセルロイド製、ジョージの筆箱は孤児院の上級生である姉さんが入学祝いに作ってくれたボール紙に絵の具で花柄絵の書かれた筆箱。先生はそれを見て工作の題目にしたらしい。ジョージが作った筆箱が一番上手で、五重丸を貰い先生に誉められた。「今度弟が入学する時にプレゼントするんだ」給食の鯨の肉は皆の大好物、二人で女の子が残した脱脂粉乳の早飲み競争をして拍手喝采、ジョージは脱脂粉乳が大好きで一段と人気者になった。暖房の石炭運びも私と二人で率先して運び、他の友達も運ぶ様になった。

学校が終わると毎日のように私の家に遊びに来た、初めは野毛山公園に毎日セミ取り等、遊びに行った。動物園の出口から監視員が便所に行った隙に走って入ったり、遊園地は金網の下を掘って潜り込んだ（昔は遊園地もあり両方で子供10円であった）。毎日の様に行った。子供同士で二人だけ、そして黒人、我々は目立つ、暫くして捕まり警察に補導され、母に迎えに来て貰った。いつもジョージには怒らず私に怒った。

野毛山公園だけでは飽きた。「友達の家へ遊びに行こう」前はいつもジョージを虐めていたK君の家だ。大岡川添いにある、通称、川っぷちの家である。道路に共同の井戸が一つ、K君は丁度バケツに水をくむのに並んでいた。我々も井戸水をくむのが面白く手伝い運んだ。彼の家はすべて父の手作りというアイデア満載の家だ。玄関扉は紐と重りで自動扉、窓は上へと観音開きに突っ張り棒、勉強机は壁より蝶番で板が出てくる。便所は川にはみ出し下の大岡川に直接垂れ流しだ。6畳一間で裸電球一つでコンセントは無く電化製品は一つも無い。鉄屑廃品回収業の両親と妹4人で暮らしている。川には廃船となった「はしけ」に住んでいる同級生の女子もいる。近所付き合いもよくみんな仲良く暮らしている。ジョージをよく虐めていた彼とは別人のようだった。K君は自分が虐められる前に皆をジョージを虐めの対象にしたらしい。

　我々は少しずつ母に内緒で遠出をするようになり、伊勢佐木町へ行った。白粉を塗りたくり化粧の濃い外人専用の娼婦さんである女はジョージを大変かわいがりアイスキャンディをおごって貰い、ジョージは初めて食べる味に感激した。ジョージといると良いことばかり。

　少しずつ母に内緒で遠出をして今度は港に行き、タグボートやハシケに乗り怒られ、本牧埠頭の貯木場で丸太に乗り二人で落とし合いずぶ濡れになり、横浜港すべてが遊び場であった。

　市電の線路沿いに歩いてトンネルを抜けると母の実家本牧である。本牧米軍キャンプ内を金網越しに眺めると、中の広い芝生で白人と黒人の子供が虐めもなく仲良く遊んでいる。この時、ジョージは自分以外の黒人の子供を見るのは初めてだろう。「もう行こう」声を掛けても暫くじっと見つめジョージは動かなかった。三渓園海水浴場で泳いだ後は、本牧で私の叔父さんが材木商をしているのだが、「又来たのか」と言ってお菓子をくれて三輪トラックで日ノ出町の取引先の小此木材木店まで乗せていってくれた。

乗った事がないエレベーターに乗りたくて、日ノ出町駅から横浜駅まで子供料金で往復割引10円の切符1枚を買い、それを二人で分けて片道キップで完成したばかりのデパートへ。何回もエレベーターに乗って遊び、帰りは家まで歩く。途中で迷子になり、戸部警察に保護されて又、母に迎えに来て貰った。

母もジョージを私以上に大変可愛がり、兄のお下がりの服をあげたり、私とお揃いの半纏《はんてん》やチョッキを編んだり、施設から許可をもらって家に泊めたりもした。その時のおかずはいつもよりご馳走だった。

私も何度かジョージのいる孤児院へ行った。当時は2階建ての家やベッドは珍しく、窓から紙ヒコーキを飛ばしたりして遊び、大勢の兄弟がいて、なんの虐めも差別も無い。アメリカ軍の払い下げという3段ベッドで寝られるジョージがうらやましく思えた。その後私は、家族の布団を敷いた跡の[illegible]れが私のベッドとなった。孤児院では小学4年生になると新聞配達や牛乳配達をし、中学を卒業すると、ここから出なければならないとの事だった。

ある日、ジョージが突然消えた。孤児院へ行っても彼はいない。誰に聞いても知らないとの返事、彼と行った所すべて探した。伊勢佐木町の娼婦さんに声をかけられた。「おや今日は一人かい」「ジョージがいなくなったんだ」「いつからだい」「5日前から」「施設にもいないのか、きっとジョージはアメリカに行ったんだよ」と言う。「英語は出来ないしアメリカは大嫌いといつも言ってたよ。絶対にアメリカに行く訳ないじゃん」

毎日探している私に母からも、「ジョージはアメリカに行った」と聞かされた。私は信用しなく、2週間程探したが見つからなかった。

それからはジョージの事はすっかり忘れ去り、私も母もジョージの事は一切話さなくなった。

湘南ボーイ

私の兄弟は3人共工業高校出身である。長男は私より6才離れている。次男は年子で1才上の22年生まれ。父は私に水産高校無線科を勧めたが遠くて通学が大変なので、川崎の工業高校　電気通信科へ進学した。その後大学に補欠合格した時、母は弟の材木屋に借金を頼み、次男は浪人し機械工学、私は電気工学と、二人を同時に大学に行かせてくれた。私は万博景気でオイルショックの前、人気のゼネコンに入社した。その頃は工学部で体育会（中学、高校、大学と水泳部）であるとどのゼネコンの会社でも入れる時代であった。

１９８７年（昭和62年）、日本で初めての大阪での超高層マンション（１００m超）も手掛けた。マンションでは初めてのオール電化であり、給水管は当時ＶＬＰ（鉄管）又はＶＰ（ビニール管）が主流であったが、架橋ポリエチレン管も日本で初めてマンションで採用した。建築設備のエンジニアとなった。当初、こんな高い所に住む人がいるのだろうか、売れるのだろうかと思われたが、メディアにも何度も取り上げられ、その後メディア専用の社員を置く等をして現場内も公表し見学にも対応した。そのおかげか特に30階～36階は2億～4億円の室が２００倍～３００倍の競争率となり、超高層マンションの先駆けとなった。

大型トラックやダンプに無線機を積んで不法電波を飛ばしテレビやカラオケ店に妨害電波となり迷惑をかけ、警察でも取り締まりが難しく、社会問題となった時代があった。その時私に日本アマチュア無線連盟より講師の依頼があり、その彼らにせめてハムの免許を取得させ法律通りに無線をやらせたいとの事。大阪の南河内の公民館で、数回、養成課程の講習会を実施した、ある団体が生徒だ。中には公募の為、中学生もいて電話級であるが、その子達だけモールス信号も教えた。１回の講習会で60人位が国家資格を取得した。

馬車道に日本郵船博物館がある。入口からいくつかの模型が見えたので「鎌倉丸、伏見丸の模型はありますか」と受付嬢に尋ねたら、資料を調べ鎌倉丸（秩父丸）の模型があるとの事。５００円の入場料を払って中へ入った。するとびっくり、鎌倉丸は氷川丸よりずっと大きな豪華客船で、北米航路や移民船にも使われたとの事。平安丸、伏見丸は貨物船で写真があった。船員の組織表が貼ってあり、機関士の地位は船底ではなく、甲板より上の航海士と同等であった。博物館に入ると氷川丸の入場券も付いている為、子供の頃行った記憶があるが、歩いて氷川丸にも行った。氷川丸は老朽化のため撤去の話もあったが永久保存となった。他の客は上の操舵室に向かう、私は真っ先に船底のエンジンルームへ。ここで親父は働いてたのか。エンジンは止まって静かである。これは親父の墓だなと思いながら想像した。難しそうな機械が並ぶ。親父も末っ子の為、何度も養子に出され、丁稚奉公、尋常小学校もろくに出てない。あの親父がこんな機械を操作してたのか。何か頼もしく思えた。

私は日ノ出町、野毛山で育ち、高校、大学とアマチュア無線、オーディオ（真空管アンプ作り）、大型オートバイを購入しのエンジンに興味があり分解整備と金のかかる趣味の為、暇さえあれば給料の良い港湾荷役の沖仲仕の仕事をした。普通のアルバイトの4倍位で、貨物船は24時間荷役の積み卸しの仕事があり、私は背が高く17才でも18才と名前さえ記入すればヘルメットを支給され、身分証明書等不要であった。小型船に乗り、沖の港には入れず停泊している船に乗り込み、ハシケで運ばれた荷物を大型船に積み込む仕事である。沖に停泊している船は無法地帯で、親分が積荷のダンボールを破りビールとお菓子を盗ってくる、ウォッチマン（船舶警備員）がいるが、私と同じ高校生のアルバイトである。彼にもお菓子をあげる。親分は沖仲仕は記載されている記号で中身がわかるらしい。休憩時間にはサイコロ賭博その日の日当を賭ける。私はそれには参加しなかった。親分は仕事をサボったりするとヘルメットを取り上げ、岸壁での仕事の時は、船から降ろされる。2交代で夜8：00～朝8：00迄の12時間労働しヘルメットを小窓に差し出すと引き換えに現金で支給される。それは普通の高校生のアルバイトの3～4倍で年齢は関係無く一律の金を日払いで現金を支給される。多い人は2～3個のヘルメットを持っている。仕事終わりの朝はヘルメットを盗られないように抱いていた。いつでも都合の良い日に行っても雇ってくれるが、船が入ってこない時は仕事にあぶれる時もあった。きつい仕事ではあるが、働き、夏休み、春休みには当時の大卒初任給よりも多くの金は稼いでいた。貨物船の船底まで弁当を持ってタラップで降りたら仕事が終わるまで上がらない。船底にはトイレもなく、食事もすべてそこで済ませる汚い所であった。世界中の港湾労務者が働く所であり便所の臭いがした。今のコンテナの無い時代であった。税関のボディチェックを終えて、帰り道は寿町、曙町を通ると昼からその日暮らしの港湾労務者が酒を飲んで道路で寝転がっている。稼いだ金はすべて自分の趣味に使い、金には困らなかった。

中学生の頃から電車賃を惜しんで自転車で横浜から秋葉原へよく行き「元祖秋葉オタク」である。東京に戻ってからも、すっかり変わってしまったが、現在でも仕事帰りによく秋葉原に行く。少なくなってしまったが、今でも残るハムの店、真空管やオーディオ、部品を売っている店等、一日中見るだけでも楽しくて飽きない。

高校生の頃は夜バイク仲間と赤煉瓦倉庫に集合し江ノ島や湘南へ走った。それを「湘南ボーイ」と言い、江ノ島や湘南に住んでいる者は「えなかもん」と我々は呼んでいたが、何を勘違いしたのか、湘南の映画や湘南に住んでいると言う歌手が出てから、その「えなかもん」が、いつの間に「湘南ボーイ」と呼ばれる様になってしまった。

決して今の暴走族みたいな悪い者はいなくて、リーダーは大人の人で皆おとなしく真面目に安全運転で走った。仲間同士は追い越し禁止、暴走行為等したら破門で、規律礼儀等細かい規則があり厳しかった。ただ夜中走る事から「湘南ボーイ」は「えなかもん」に譲り我々は「カミナリ族」と呼ばれる様になった。バイクで一人、東北、北陸、四国一周、テントで泊まりながら行ったが、母にはいつも事後報告であった。私は学校の夏休み等は港湾労務者で働き、自分の欲しい物はすべて手に入れた。私の青春は友達と遊びまくり、父母からはよく怒られていた。

関東生まれの私が関西に行くのに少々関西弁などに抵抗があった。横浜で生まれ育ち、横浜の汚い所しか知らない私は女子社員から出身は何処ですかと聞かれた時、「東京の方」東京の何処ですかと聞かれたら、「鎌倉又は湘南の方」とごまかして答えた。自信をもって「生まれ育ちは横浜、浜っ子です」と答えられたのは何日もかからなかった。周りから「素敵な所ですね」と言われ、あの汚い貨物船や、朝から酒飲んでる港湾労務者、ガード下の娼婦を見て、横浜の何処が素敵なのか。横浜から離れて生活して初めて横浜の良さが分かった。

私が息子に対して厳しく激しく叱ったときは何時も妻と娘が息子の味方をした。我が息子も高校生の頃バイクを乗り回していたが私は怒ることはしなかった。学校では問題児であり、学校や警察に補導されたときは何時も妻が謝り引き取りに行く役目だった。

横浜へ帰省した時、息子は親父から船員時代の外国の話をよく聞かされたり、私の友人で大学を中退し世界中を旅している者がいた。彼は、しばらく我が家へ滞在した。そのせいかどうか海外に憧れ、受験に失敗し、外国へ行きたいと言い出した。予備校へ1年分の授業料を払ったばかりで猛反対したが、いつの間にアルバイトを始めた。しばらくして親の実印を押した保証人証書を現金を扱う為に持って来いと言われたという。内容を見て「これには押さないよ」何のアルバイトと聞くと「サラ金の集金のアルバイト」だと言う。取り立てでは無いらしい。息子が室にいない時に入室するとサラ金の集金先のリストと社長が作ったという冊子があり内容を見ると。朝の挨拶、電話の受け答え、バイクで夜、集金に行く為の交通ルール、横断歩道に人がいたら必ず止まれ等、今の私には当たり前の事だが、報連相等、事細かく30ページ程書いた物だった。かつて私のバイク仲間のリーダーと同じ、規律と礼儀には厳しい人らしい。しかし私は「親の印は貰えませんでしたと言って、クビになったらやめろ」と言ったが結局27才の社長に息子の熱意が伝わったのか、クビにはならず、18才の息子は2ヶ月で目標の50万円の金を貯めて、英語も話せないのに自分の金で一人でオーストラリアの大学へ行くと言って出て行ったが、10日後にやっと連絡があり、メルボルンのユースホステルに着いたと言う、ヨーロッパの学生が多く、友達と街へ出てアルバイトをしようとしたら、当時、其処は白人社会で差別がありいやけをさし、中退した。そういえば日本人はシドニーには行くがメルボルン、キャンベラにはあまり行かない。シドニーオリンピックの時、金メダルを取ったメルボルン出身の女子選手が原住民の旗を左手に揚げ差別の抗議をしていた。

その後ニュージーランド、アメリカの大学も中退、ヨーロッパを経て、28才の時帰国し、どういう訳か日本の大学を必ず卒業すると言いだし、ＴＯＥＩＣで高得点であると入学出来る大学に入り、32才で大学をやっと中退でなく卒業した。やはり海外でも大卒でないと良い仕事にはありつけられないらしい。ゲームばかりしてパソコンに強かった息子は現在マレーシアのクアラランプールでＩＴ関係の仕事をして、今では私のパソコンに入り込み遠隔操作で修理してくれている。メルボルンで20才の頃に知り合った韓国人の女性とずっと同棲していたが、20年以上付き合っているのに結婚しないのかと思っていたが、やっと昨年42才で結婚し暮らしている。二人共、本籍地は私と同じ横浜である。

私は親として結婚となると両親に挨拶に行かねばならないので、兄妹である娘と妻を連れて行った。ソウルの日本料理店で両親と４人兄妹と子供達20人位でもてなして頂いた。なんと母親の名前も〃ハルコ〃で日本人がつけた名前だと言う。親たちは年代的に反日教育を受けていて、20年間も付き合って結婚した事について複雑な気持ちみたいだった。息子はお父さんの顔は完全に日本人の顔だと言う。私には韓国人、日本人の区別はつかないが、海外で生活すると分かるらしい。

翌日、息子と日本語を話せない嫁が友人と二人でソウル市内を案内してくれた。あれは日本軍が作った建物ですと各所回ったが、従軍慰安婦像は一度も見なくて其処を避けて歩き遠回りしたみたいだった。博物館へ行くと日本が何をしたのか、一部日本語で説明書きがあった。

他のアジア諸国では日本は友好国であるのに、どうして韓国だけは政権が変わる毎に色々と言い、70年経っても未だに反日なのか、息子に教えて貰った。

娘は奈良の高校時代に知り合った男と結婚し、かつて私が毎年、車でキャンディーズを聞きながら奈良より横浜迄帰ったと同じ様に今度は娘が、キャンディーズを聞きながら盆と正月に二人の「色白の孫と旦那」を連れて帰ってくる。

男と女であり下の15才になる孫娘がだんだん母に似てきた。

二つの人生

今思う、ジョージをアメリカに行かせたのは、母の仕業かも知れない。

その日は天気も良く桜木町〜氷川丸まで歩き、色々な懐かしい光景が思い浮かぶ横浜であった。


母も亡くなり年を取ると昔の頃を思い出す。かすかな記憶、6才から7才のたった1年間のジョージと遊んだ頃。

ジョージは、どんな人生を送ったのか、幸せな人生だったのか、彼は生きているのか、本当にアメリカへ行ったのか。彼が私を探す事は簡単である。日ノ出町の山の上、野毛山、今でも長男が住んでいて表札もあるし郵便も届く。

私は彼を探すすべは無い。私は15年前の母の一言で思い出したが、彼は私の事を忘れているだろう。日本にも捨てられて恨んでいるのか、彼を探すのは迷惑か、この年になると昔の事をよく思い出す。まるで生き別れた兄弟の様に無性に会いたくなった。

アメリカに学生時代住んでいた事がある息子が国際免許の書き換えでマレーシアから帰って来た時に頼んだ。

「横浜日ノ出町の孤児院で育ち7才でアメリカに行った。名前はジョージ、年は70才位」たったそれしか分からない。息子は「それだけでも見つかるかも知れないよ」

諦めていた数年後、息子から連絡があり、インターネットの力は凄い。シカゴにいる彼の息子と名乗る人から問い合わせがあったと言う。しばらく息子同士のやりとりがあり、会いに行くかと問われ当然会いたいと答え、現在クアラルンプールで働く我が息子を通訳として連れて行った。

ニューヨークに着いたらそこで働いている彼の息子と名乗る男が迎えに来ていた。半信半疑であったが暫く話を聞くと「俺は日本人だ、横浜生まれだ！」

と言う父、どうやら間違いはなさそうだ。彼はウエストバージニアの田舎で夫婦、長女と暮らしているとの事。

一日中車で走りすっかり田舎道となった。彼の息子は「私の故郷です」と言って音楽「カントリーロード」をかけた。この曲を繰り返し聞きながら私は父の家に行きます。この辺からは、携帯電話もテレビも通じません。

しばらくするとあそこが父の住んでる家です。息子が指を指した。周りには家も無く寂しそうな所、家はみすぼらしく裕福ではなさそうだ。坂を登るとジョージらしき老人が車椅子に座り待っていた。彼は両足が無く面影は全く無い。

玄関は車椅子対応でヒモを引くと開き、自動で閉まる。昔見た事ある。まさにジョージだ。

「おまえがジョージか」6才から7才の時しか遊んでいない。まして60年ぶりである。お互いにジッと顔を見合わせ、私はしゃがみ込んでお互いの禿頭をさすり、丸くなった背中を抱いて互いの名前を呼んで何故か大笑いした。彼は私にも理解させようとゆっくりとした英語で話すが私には分からない。

「おまえは俺の事覚えているのか」と言うと「もちろんさ、日本語はすっかり忘れたけれど、決しておまえの事は忘れられない」

彼はその後の事を話し始めた。

ある日おまえの母に「船に乗せてあげる」と言われ、母に連れられ港に行った。いつも港で遊び、大型船に乗ってみたかった。なんで俺一人なの、どうしておまえが一緒じゃないんだ。最近、母が施設や学校によく来ておかしいと思ったが、それより船に乗りたくて喜んで港に行ったんだ。するとおまえの親父が迎えに来て、俺を父に渡した。その時母は涙ぐんでいた。それより俺は船に乗れる事でルンルン気分だった。

すぐに親父の働くエンジンルームへ連れていかれた。油臭くエンジンの音で何の話も出来ない。エンジンの音が変わり益々大きくなった。うるさいし油臭いので甲板に行き驚いた。船が岸壁よりどんどん離れていく。親父に何処へ行くのと聞いたら「おまえの親父がいるアメリカに行くんだ」との返事。俺は本牧の貯木場でおまえに海に落とされたり、三渓園で海水浴したりして泳げるから飛び込もうとした。俺は泣き叫んだが、フェンス越しに見た本牧の米軍キャ

ンプを思い出したりして、そして説得された。

アジア、ヨーロッパ等の港を回り、4、5ヶ月位経ってアメリカのニューヨークに着いた。その間俺はずっと泣いていたよ。その間親父は俺に、エンジン操作の事、「エンジンのそばにいるからエンジニアだ」船の各所を連れて回ったり、モールス信号も教えてくれた。7才の俺にはさっぱり分からなかったけど、親父は一生懸命教育をしてくれた。「SOS・・・ーーー・・・」これだけ覚えているよ。

「何だ、親父は俺と同じ話をしているな」

親父はニューヨーク郊外の孤児院に俺を連れて引き渡した。本牧米軍キャンプで見た光景とはほど遠く、アメリカの方が差別が酷かった。

横浜は天国、「俺は日本人だ」と早く帰りたいと思い、ずっと泣いてみんなに捨てられた事を恨んで、孤児院でも私は問題児だった。

14才で孤児院を出て、俺はヨーロッパ航路の船乗りになった。甲板員で船の雑用係だ。おまえは何故船乗りにならなかった？

「俺は船乗りにならなかったけど、生涯エンジニアだし今でもモールス信号も打てるぞ」と答えた。

その年になると何で俺がアメリカに来たのか、理解出来るようになった。海を眺めて「この素晴らしき世界」を口ずさみ、この時が一番幸せで夢があった。早く機関士エンジニアになって横浜へ行って、母と親父に立派になった自分を見せたかった。

17才の時、俺は「アメリカ人になる為、又国籍が欲しくてベトナム戦争の兵士に志願した」「戦争には行きたくなかったがそれしかなかったんだ」それは思い出したくない程、想像を超える悲惨な戦争だった。

その頃私が行ってた大学の本校は中核派の拠点校であり、小金井にある工学部もロックアウトとなり、友達に誘われてデモ行進、「ベトナム戦争反対、沖縄を返せ」「新宿西口広場で反戦歌を歌っていたよ」

「ベトナムに行くときに、死を覚悟し自分の生きた証として胸に入れ墨をいれた」と言って服を脱ぎ私に見せた。「孤独な俺が死んでも消えないように心臓の上だ」「HAMAHARU "48"7"17」ハマハル？　私はその意味がすぐに分かった。「私の誕生日、横浜の春子、私の母の名前だ」と言ったら、「ここにサクラもあるだろ、野毛山公園でお前と見たサクラだ」と言ったが、それはサクラには見えなかった。「HAMAHARU」は今まで誰が見ても分からなかったが意味が分かったのは、おまえが初めてだ。妻には「もう横浜と戦争の事は忘れろ」と言われるが、一生忘れる事は出来ない。

彼は話を続けた。

それまでは〝捨て子だった、何時生まれたか分からない俺には誕生日なんて無かった。おまえの誕生日7月17日に母が赤飯を炊いて、俺とおまえを祝ってくれた。今日からジョージの誕生日も7月17日だと7才の誕生会をしてくれた。赤飯の上に大きな苺がひとつのっていた。初めて食べるお赤飯が美味しく何度もおかわりをした。初めての誕生会、俺にも誕生日が出来た。そして最後に、初めて食べた苺、未だにあんな美味しい苺は食べた事は無いし忘れられないよ、今でもはっきり覚えている。あれが最後のご馳走だった。おまえの父母は、おまえだけのものでは無い、私の故郷の俺の父母でもある。

20才の時、戦争で戦車にひかれ両足が無くなり、「こんな姿は父母に見せられなく、俺の夢は破れた」

だがアメリカはその時だけだが英雄扱いし、俺を沖縄で治療しそしてハワイで療養させてくれた。戻りたくなかったが本土に帰ることになった。「俺には帰る所も、待つ人も居ない」

ニューヨークへ戻り、数週間程さ迷い精神もおかしくなり夢遊病者の様に、死に場所を探した。英雄どころか両足の無い黒人には行き場所は無い。「俺は持っていた拳銃を何度も頭に当てて握りしめた」大勢の罪の無い人を殺した俺には死などは怖くない。何故戦車に轢かれた時に死ねなかったのか、今度は俺の番だ。気がついたら孤児院の前に来ていた。こんな格好で帰って来てはいけない。しばらく眺めて行こうとすると寮母さんに見つかってしまった。「ジョージかい、かわいそうに足が無くなったんだね、でも生きてて良かった」と言って俺を抱きしめ家の中に入れた。そしてお腹減っているんだろうと飯を食べさして「少し待っとけ」と言う。しばらくすると同じ孤児院の捨て子であった彼女が来た。死ぬ事しか考えていなく死に場所を探していた俺は逃げようとした。

寮母さんに引き留められ、噂で戦争に行った事を知った彼女は「ジョージの帰る所は此処しか無い、帰ってきたらすぐ連絡して」と言ってたんだよ、だから此処から離れず近くで働いていたんだ。

俺は孤児院から出る時、彼女と「ファーストキス」をした事を覚えていた。彼女は「私がジョージの足になる」と言ってくれた。彼女が俺の命を救ってくれた。

その後、寮母は俺たちを神父さんの所へ連れて行き結婚式を挙げてくれた。今では4人の子供、孫も10人もいる。無邪気に遊ぶ孫を指さし、丁度あの子は6才で小学校1年生だ俺とおまえが会った年だ。孤独な俺と妻二人に家族が出来た。アメリカは軍服を着た帰還兵士には手厚い。両足を失った変わりに国籍と、この土地を与えられ自給自足の様な生活をしている。

孤独な二人が今や大家族。これ以上の幸せ者は他には居ない。「お前は俺以上に幸せ者だ、俺には孫二人、息子は海外、娘は奈良に住み今は夫婦二人だけで住んで寂しいぞ」と言った。

今では、俺を産んでくれた黄金町の娼婦「パンパン」に感謝している。俺を生んで殺さずに、目立つ道路に捨ててくれた。みんな生きる為……、仕方が無いことなんだ。

息子は私の思う様にならなかったが「I have a dream そのうち孫にモールス信号を教えて、船の一番上で働く船舶無線通信士になって横浜にも行ってもらう事が夢だ」「今は通信衛星でデジタルとなりモールス信号などは使わないぞ」「でもいいんだ」「私の息子もゲームばかりして親の言う事は一切聞かなかったが、よっしゃ、俺の孫にもモールス信号を教えるよ」と答えた。

ジョージと会うためにおまえと行った所を40年ぶりに横浜をゆっくり歩いたよ、造船所は無くなり、ハシケも貯木場、三渓園海水浴場、米軍基地はショッピングセンターとなり、野毛山遊園地、プールも皆、無くなった。日ノ出町・黄金町のガード下は若者のおしゃれな町となり、大岡川のバラックの家も無くなり綺麗になって、K君も何処へ行ってしまったのだろうな、小学校は建て替えられ照明も点いてるし冷暖房完備で石炭も運ばなくてよくなった。野毛山動物園は今は無料で、公園はまだある。

「そうか、もう警察に捕まらないいんだな」

「横浜は横濱ではなくなっちまった」

又おまえと野毛山動物園へ行って公園でセミ取りがしたい。ジョージは野毛山のサクラを見てみたいと言った。今度はおまえと二人で歩こうと約束した。

不思議だ、通訳はいつのまにか寝てしまっているのに、言葉の通じない二人が電子辞書の単語だけで話が通じる。ジョージも私と話す事によって少しずつ日本語を思い出した様で話は尽きない、朝まで話をつづけた。

私は正直お前の事はすっかり忘れていた。娘の彼氏ロニーの事で、母は馬車道の出来事を初めて話してくれた。そして「ジョージは元気にしているのかしら」で私におまえの事を思い出させて再会させてくれたと話すと。「生涯俺の事を思ってくれた人がいた、孤独ではなかったんだ」彼は号泣した。

「馬車道で炭を片付けて母を助けてくれたのは、お前の親父かも知れないぞ」

「きっと、そうだな」

私は青春を謳歌し、この年まで平穏無事に過ごした。彼の人生は戦争で始まり悲惨だったが、今は孫に囲まれ幸せになっている。机の上にはジョージが中央で20人位の家族の集合写真があった。

今ではこの広大な土地、4人の子供、10人の孫で金では買えない最高な大家族を手に入れた。俺は黒人であり日本人の血も流れている。日本で生まれて誇りに思う、お互いに揃って「この素晴らしき世界、いや我が人生」と言った。

末っ子である私の青春はいつも両親に怒られて甘えて散々迷惑をかけて遊びまくっていた。学生時代に知り合った「世田谷のお嬢様22才」と「湘南ボーイ24才」が結婚し孫も二人いる。国家資格で稼ぐ生涯エンジニアだが、二人で寂しく暮らしている。

母は関東大震災、ジョージも戦争を経験し、彼らの苦労は計り知れない。最後には最高に幸せだったと言っていた。

戦争を知らずに育ち青春を謳歌した私だが、同じ「浜っ子」の彼の青春は孤独で悲惨な戦争で終わった。

それから2年後、彼の妻から手紙が送られてきた。

会いに来てくれてありがとう。散々私は「日本と戦争の事は忘れろ」と言っていたが、彼が日本人であることを忘れる事が出来ない事がわかりました。息子達と孫達にも、おまえ達は日本人の血が流れている事、そして「HAMAHARU」の意味を教え伝えます。

それと1枚の写真が送られてきた。

「HAMAHARU "1948"7"17--」ジョージここに眠る

HAMA HARU 1948"7"17--
George is sleeping here
hama
haru
mama
haru

あとがき

この話はフィクションです。登場人物、施設等は架空であるが、昔の事を思い出しながら色々大分、付け加えおもしろおかしく書いた物語です。

私の息子は諸外国を渡り生活し、国によっては差別を受けたり、日本では報道されない、中国や韓国、東南アジアに対して日本は何をしたのか、〝日本は歴史を忘れたか〟を痛感している。現地で家も購入し当分日本に戻ってくるつもりは無い。

団塊世代の我々は戦争も知らずに、景気のいい時代に生きた。〝日本人で良かった〟そう思っても良いだろう。

息子が結婚したら奈良にいる娘や孫は姉さんが出来たと喜び、二人の孫達は

ＬＩＮＥで英語を教えて貰っている。上の子は高校生となり、東京の大学の工学部へ行きたいと予備校へも通い勉強し、将来エンジニアになりたいと言う孫が楽しみだ。

本は専門書か趣味の雑誌しか読まなくて書くことも仕事の報告書程度しか書かない私だが、出版社に文書の構成、編集をして頂いた事に感謝致します。

著者プロフィール

榮仁（えいじん）

昭和46年３月法政大学　工学部卒業
昭和46年４月三井建設株式会社　入社
平成15年４月有限会社 エイジン建築設備研究所　設立　生涯現役係

表紙、さし絵：山桝勝弥

馬車道

2021年５月15日　初版第１刷発行
2021年９月25日　初版第２刷発行

著　者　榮仁
発行者　瓜谷 綱延
発行所　株式会社文芸社
〒160-0022　東京都新宿区新宿1－10－1
電話　03-5369-3060（代表）
03-5369-2299（販売）

印　刷　株式会社文芸社
製本所　株式会社MOTOMURA

ISBN978-4-286-22413-8